Dominando a Susan
El club

Dominando a Susan Vol. 7

Erika Sanders

Dominando a Susan
El Club
(Dominación y Sumisión Erótica)

Erika Sanders
Serie
Dominando a Susan Vol. 7

Imagen portada: © Demian, 2025

Primera edición: 2025

Sinopsis

Susan, después de acabar la universidad se encamina hacia su primer trabajo, un empleo proporcionado por un amigo de la familia, Robert, que siempre ha tenido un especial deseo hacia la hija de su amigo.

Este deseo especial es conseguir que Susan esté bajo su dominación...

El club (Dominación Erótica) es una novela de fuerte contenido erótico BDSM y, a su vez, una nueva novela perteneciente a la colección Dominación Erótica, una serie de novelas de alto contenido BDSM romántico y erótico.

También es la séptima parte de la nueva serie, Dominando a Susan, donde se relatan las aventuras de Susan, alter ego de la escritora, en su faceta de sumisión.

(Todos los personajes tienen 18 años o más)

Nota sobre la autora:

Erika Sanders es una conocida escritora a nivel internacional, traducida a más de veinte idiomas, que firma sus escritos más eróticos, alejados de su prosa habitual, con su nombre de soltera.

Índice:

DOMINANDO A SUSAN
EL CLUB
(DOMINACIÓN ERÓTICA)
POR
ERIKA SANDERS

ACEPTACIÓN

De vuelta en su escritorio, Susan trabajó en sus últimas tareas, pero su mente se desviaba constantemente hacia él.

Apenas le había dejado tiempo libre para detenerse a pensar en las últimas 48 horas, llenando cada momento con entrenamiento y disciplina.

Y hoy estaba sola y con demasiado tiempo para pensar.

Extrañaba su presencia constante y sus ojos oscuros y vigilantes.

Su rostro aparecía en su mente como siempre cuando pensaba en él, oscuro y guapo, mayor, mucho mayor, su experiencia tanto emocionante como intimidante.

Como amigo de la familia, había crecido dándole la deferencia que merecía y haciendo lo que le pedía.

Su mente dio un vuelco al considerar esto y se preguntó una vez más cómo este hombre, su amigo y mentor se había convertido en su Maestro.

El almuerzo con Anne había sido esclarecedor, pero habían tardado demasiado por lo que cuando Alan fuera a recoger a Anne ella no había reaparecido en su escritorio aún.

"Ella recibirá su castigo y será por mi culpa". Pensó Susan.

La oportunidad ya había pasado cuando todas las preguntas generales, no tan personales, sobre su estilo de vida, el club y las personas que conoció ayer surgieron en su mente.

Su teléfono sonó y al oír su voz en respuesta a su saludo, apretó el teléfono un poco más fuerte.

"Mi Susy", era una declaración. "¿Cómo fue el almuerzo?"

"La comida que encargó fue maravillosa, gracias y gracias por el desayuno también. No me había dado cuenta de lo hambrienta que estaba esta mañana". Ella sonrió al teléfono.

"Por supuesto que me aseguré de que desayunaras. bien Mi dulce pequeña siempre veré para que obtengas lo que necesitas y quieras, ya lo sabes. Te lo he dicho a menudo", su tono fue brusco.

"Si señor." Ella se mordió el labio.

"Mi pregunta nunca fue sobre la comida, ¿cómo estuvo el almuerzo con Anne?".

Él podía imaginarla en su escritorio mordiendo su labio mientras hablaba, con su rostro bastante expresivo mostrándole cada emoción.

Ella optó por la honestidad:

"Anne es una amiga maravillosa para tener en la compañía, y es divertida, cálida y umm, muy esclarecedora".

Ella se apresuró a decir:

"Lo pasamos muy bien hablando, pero perdimos la noción del tiempo, por lo que no creo que el señor Clarkson estuviera muy contento".

Se mordió el labio.

"Creo que Anne podría estar en problemas porque la entretuve demasiado tiempo".

"Anne es una chica grande y puede mirar la hora tan fácilmente como tú, pequeña, no te preocupes por eso". Hizo una pausa y ella casi pudo escuchar una sonrisa en su voz mientras continuaba, "¿Fue esclarecedora?"

Hubiera querido poder ver su rostro, mas no podía decir si estaba disgustado o burlándose de ella.

Ella se retorció mientras respondía cuidadosamente:

"Tenía muchas preguntas después de ayer y sé de otras chicas umm en mi situación umm".

Él se rió entre dientes y en su mente ella definitivamente podía ver su sonrisa ahora mientras la molestaba más.

"¿Y qué situación está mi pequeña esclava?"

Su estado de ánimo y el hecho de no tener sus ojos oscuros penetrando en su interior la hicieron más audaz de lo que había estado toda la semana.

"Eso es todo, ser una esclava es todo tan nuevo que no sé lo que estoy haciendo y mucho menos si lo estoy haciendo bien. No sé cómo me siento al respecto". Ella suspiró, "Parece que ya no sé nada, mi mundo está al revés".

Jadeó cuando se dio cuenta de que acaba de decir eso en voz alta al hombre que está causando que su visión del mundo cambie de manera precaria.

Al oír su jadeo, él respondió lentamente:

"Susy", su voz es severa pero suave y ella está insegura de nuevo mientras él continúa: "Con todas las cosas nuevas siempre hay un momento de aprendizaje, de entrenamiento si prefieres. Haz lo que te pido, cuando te lo diga y siempre serás perfecta. Quería que pudieras haber hablado con Anne y me complace que hayas encontrado ese momento", hizo una pausa para darle el efecto deseado y continuó "esclarecedor ".

Encontró esa palabra, "complacido" y dejó escapar el aliento que no se dio cuenta de que había estado conteniendo.

Sintió el aleteo en su estómago y un cálido resplandor se extendió sobre ella cuando una sonrisa apareció en su rostro forzando su labio inferior entre sus dientes.

"Sí Maestro", es todo lo que pudo decir.

"Bien, volveré dentro de una hora. Ah, y despeja tu horario para esta noche, por favor, pequeña".

Con eso colgó y la dejó sentada disfrutando de su placer.

Se dispuso a terminar su trabajo mirando el reloj y contando los minutos hasta su regreso.

Levantó el teléfono y llamó a su madre.

"Hola mamá ... No pasa nada, estaré ocupada con un amigo esta noche y no quería preocuparte de nuevo".

Prometió llegar a tiempo al día siguiente e intentó calmar los nervios agitados de su madre.

Su padre estaba en casa y ella habló brevemente con él confirmando los arreglos que había que hacer allí.

Ella sonrió cuando él habló de los histrionismos de su madre sobre la fiesta y se rió cuando ambos acordaron que amaba el drama.

Ella colgó sonriendo.

"No había mentido exactamente, estaría ocupada con un amigo, simplemente no dijo qué tipo de amigo". Su mente girando constantemente volteó de nuevo, "¿Y qué clase de amigo es él?"

Ella contempló las palabras amigo y maestro cuando terminó la última de sus tareas e intentó ignorar los molestos pensamientos de mentirles a sus padres y para mejor concentrarse en esta noche.

De pie y sacudiéndose, fue al baño para refrescarse y lucir lo mejor posible para la llegada del Maestro.

Estaba decidida a dar lo mejor de sí para lo que supuso que probablemente sería su última noche como Maestro y esclava.

No hablarían de la semana hasta el lunes, pero ella se iría a casa mañana para el fin de semana, así que esta noche haría todo lo posible para complacerlo.

Al entrar al baño encontró que su cuerpo temblaba de anticipación.

Mirándose en el espejo y viendo como tenía los ojos brillantes y expectantes, ella negó con la cabeza.

"¡Mírate Susan! Cuatro días de orgasmos sin parar y tus ojos están sonrojados y brillantes ante la idea de que regrese. Realmente eres su puta" a mitad de camino se detuvo, pero continuó "por ahora".

La vergüenza de este conocimiento derramó algo de humedad sobre el calor que tenía entre sus piernas.

PREPARACIÓN

Robert colgó a Susan.

El día de hoy era arriesgado, pero sabía que ella necesitaba tiempo para reflexionar sobre lo que estaban haciendo y sus ingenuos puntos de vista sobre las relaciones.

Su semana casi había terminado, y habría terminado hoy si el entrenamiento no hubiera ido tan bien.

Él sabía que ella sería sumisa, pero había superado todas sus expectativas.

Él había tomado el control de su mundo cuando, por vergüenza y humillación, la había convertido en su esclava ese primer día.

Él sonrió para sí mismo, su deseo de dominarla era más potente que nunca.

Su impaciencia por poseerla emergió por completo.

Necesitaba que ella aceptara su lugar a sus pies.

No solo aceptarlo si no quererlo, pedirlo, admitir que ella le pertenecía a él y solo a él.

En sus pensamientos la veía de rodillas llamándolo Maestro, su antigua fantasía cobraba vida.

Sabía que no podía y que no la dejaría ir ahora.

Necesitaba más información sobre el almuerzo 'esclarecedor' y cuando entró en el aparcamiento de la compañía decidió buscar en la fuente.

Minutos después entró en la oficina de Alan Clarkson y sonriéndole a Anne anunció:

"Está bien, ilumíneme".

Quince minutos después se levantó para irse cuando Anne le dijo:

"Oh, y cuándo la lleves al club, si la llevas allí, déjame estar allí su primera vez, por favor. Sus ojos se saldrán de sus órbitas".

"En realidad iba a llevarla allí a cenar temprano esta noche". Robert dijo mirando sus rostros atónitos.

Alan parecía escéptico:

"¿No es demasiado pronto?"

"Solo cenaremos, y no en los cuartos traseros, ella no está lista aún para eso. No soy un bastardo total".

Los miró a los dos otra vez, asumiendo que eran amigos y de confianza, así que continuó:

"Y no puedo mantenerla encerrada en mi oficina todo el tiempo. Tiene que saber en qué se está metiendo, y obviamente tiene curiosidad".

"Será mejor que también vallamos entonces, algunas de esas personas querrán comerla viva y Anne podría interceder para ayudarla".

Alan mostraba preocupación, era una de las pocas personas que conocía bien a Robert y tenía una idea de lo que esta chica significaba para él.

"Bien, te llamaré cuando estemos listos para ir. Y sólo será un rato", una sonrisa floreció en sus labios "No la he visto en todo el día ..." Lo dejó colgando en el aire.

Anne sonrió y bailó emocionada:

"¡Siempre que estés listo!"

Sacudiendo la cabeza mientras se alejaba, pensó que Anne nunca podría ser lo suficientemente disciplinada como para ser su tipo, pero estaba contento de que ella y Alan hubieran encontrado que sus divertidas personalidades eran una combinación perfecta.

Sin querer retrasarse más, Robert se dirigió directamente a su oficina para encontrarse con su pareja perfecta.

"Si tan solo ella lo supiera", reflexionó.

Sonriendo cuando entró, la vio sentarse más erguida y devolverle la sonrisa, haciendo que su bonita cara se iluminara.

Incapaz de resistirse a esta exquisita chica, él se abalanzó y la levantó de su silla besándola profundamente.

"Tu Maestro te extrañó hoy, pequeña esclava".

Ronroneó en su beso, lo había extrañado más de lo que había admitido para sí misma.

Era más que solo su presencia ominosa, se dio cuenta de que se sentía atesorada y preciosa por él mientras la besaba tan profundamente mostrando cuánto la extrañaba.

"Desvía el teléfono a mi oficina y sígueme". Dijo mientras la dejaba que ser volviera a sentar y caminaba hacia su escritorio.

Cuando él se sentó en su escritorio, ella apareció en la puerta.

"Ciérrala". Murmuró mirándola sombríamente.

Ella se giró y cerró la puerta suavemente antes de deslizarse por el suelo hacia él, arrodillándose junto a su silla.

Él la miró como echaba un vistazo hacia él, estaba sorprendido por la mirada hambrienta en sus ojos.

"Levántate ..." Su voz era dominante pero no dura.

Tan grácilmente como pudo conseguir, se incorporó con su cuerpo temblando bajo su oscura mirada.

"Eres hermosa, Susy, quiero vértelo todo. Quítate la falda y la blusa, y hazlo lentamente".

Se reclinó en su silla y la miró mientras ella levantaba las manos hacia la blusa y comenzaba a desabotonarla.

Muy lentamente, ella se encogió de hombros dejando que la chaqueta se deslizara de sus hombros.

Cuando soltó el último botón de la blusa semitransparente, esta se abrió de par en par revelando sus senos mientras alcanzaba la cremallera de su falda.

Al desabrocharla, se balanceó en lo que esperaba que fuera una forma seductora, de modo que la falda se deslizara por sus piernas y se juntara a sus pies.

Saliendo lentamente de ella, dejó que su blusa se deslizara de sus brazos para acumularse en el suelo también.

Ella se estremeció y levantó la vista hacia sus ardientes ojos.

"Tienes la piel perfecta, más hermosa que nadie, mi pequeña Susy. Eres es el lienzo perfecto para mí".

Él se puso de pie y se movió junto a ella, pasando las yemas de sus dedos sobre sus hombros y senos suavemente.

Mirándola a los ojos mientras golpeaba ligeramente su pecho para escuchar las campanas sonar dulcemente.

Ella sonreía mientras jadeaba y atrapaba su labio inferior entre sus dientes.

Las yemas de sus dedos se movieron nuevamente acariciando su cuerpo y sobre su vientre.

"Date la vuelta", murmuró.

Cuando ella sintió los dedos de él sobre su piel hasta su espalda, la hizo temblar.

Las marcas de la noche anterior se habían desvanecido.

"Es una maravilla esta chica", pensó él.

Sus manos subieron y bajaron por su columna antes de tomar su trasero ligeramente magullado y apretarlo con fuerza, provocando un gemido que lo excitaba aún más.

Tirando de ella contra él, sus manos se mueven para amasar sus senos y torcer los pezones suavemente.

¿Extrañaste a tu Maestro hoy, pequeña?"

"Sí Maestro" su voz era un gemido entrecortado.

Su mano recorrió su cuerpo que se inclinó rogando sin palabras por su toque.

Él continuó acariciando su cuerpo con su voz suave y ardiente contra su oreja mientras se burlaba de ella.

"Eres una pequeña esclava necesitada".

Su mano se sumerge entre sus piernas y ella inmediatamente se abrió en su postura hacia él.

"Sí, pequeña zorra, estás muy mojada para tu Amo".

Su mano se echó hacia atrás y le azotó el coño con fuerza, haciéndola chillar de sorpresa más que de dolor.

Golpeando su coño de nuevo con más fuerza se puso de puntillas, sus ojos se abrieron mientras gemía.

Tirándola hacia atrás con él, se sentó en la silla del escritorio con ella en su regazo.

Alcanzando debajo de sus muslos, él los abrió y los colocó sobre los brazos de la silla.

Ella nunca se había sentido tan abierta, tan expuesta.

Su mano se estrelló contra ella nuevamente golpeando fuertemente sus caderas, sacudidas bajo la bofetada, lo que le hizo sonreír mientras ella chillaba.

Su polla acurrucada contra su trasero se puso rígida mientras la abofeteaba tres veces más antes de hundir sus dedos profundamente en ella.

Al oírla gemir y sentir que sus caderas se doblaban mientras sus músculos se tensaban apretando fuertemente sus dedos, gruñó de placer en su oído.

Curvando sus dedos contra la pared frontal de su coño, comenzó a follarla con sus dedos.

Sus caderas se movieron con su movimiento y él sintió que su cuerpo temblaba.

Él continuó gruñendo en su oído:

"Tan puta y tan caliente y húmeda. El dolor te excita, el Maestro puede sentir tu placer, y necesitas un Maestro que te dé lo que necesitas. Lo que quieres."

Él la vio respirar entrecortadamente y con los miembros temblorosos.

Detuvo sus dedos profundamente dentro de ella, mordiendo su cuello mientras sus caderas giraban buscando más.

"Dile al Maestro lo que necesitas".

"Por favor", gimió ella. "Oh, por favor."

Sus caderas se sacudieron triturando su coño contra su mano.

Sus labios se curvaron en la sombra de una sonrisa cuando volvió a preguntar:

"¿Por favor qué?"

Sus dedos se movieron ligeramente.

"Por favor, más Maestro, más". Su voz estaba sin aliento mientras gemía su necesidad. "Por favor."

Él comenzó a bombear sus dedos de forma dura y profunda.

"¿Más de esto, pequeña zorra?"

"¡Sí! Oh sí, por favor Maestro".

"Córrete para mí, mi esclava, dame lo que exijo, lo que necesitas".

Cuando ella comenzó a tener espasmos, él sacó los dedos y le dio una palmada en el coño mirándolo chorrear:

"Está muy apretado".

Él gimió considerando la noche que se avecinaba.

Sed puso de pie y la colocó sobre su escritorio mientras ella jadeaba y maullaba con sus ojos medio cerrados.

Él se inclinó a la altura de sus ojos.

"Buena chica" la tranquilizó mientras le acariciaba la espalda y abría un cajón del escritorio. "Descuidé tu entrenamiento hoy, ¿no, pequeña?"

Sacó del cajón un pequeño objeto rosado con forma de zanahoria y lo colocó ante sus ojos desenfocados.

Todavía temblando por su orgasmo, se tensó al sentir que él se movía detrás de ella para poner su polla dura contra su trasero.

Inclinándose sobre ella y besando su columna vertebral, sostuvo el tapón ante sus ojos nuevamente antes de dar un paso atrás y apartarle sus pies.

Abriéndole las piernas y acariciando su trasero con una mano, con la otra le sumergió el tapón en su coño húmedo, lubricándolo y dejándolo pegajoso mientras lo recorre entre sus dos agujeros.

"Eres tan hermosa como esto".

Le dio una palmada en el culo y separó sus mejillas ampliamente observando atentamente mientras lentamente presionaba el tapón en su lugar estirando su ano apretado.

"Cada parte de ti es mía, mi Susy".

Gimiendo, con sus muslos brillando húmedos, ella se retorció mientras él hablaba suavemente.

"Buena chica."

Tirando de ella hacia su regazo, la abrazó.

Ella se acurrucó en sus brazos y su jadeo disminuyó gradualmente.

Agarrando su barbilla e inclinando su cabeza hacia él, la besó suavemente y sus labios se curvaron en esa pequeña sonrisa que anhelaba.

"Me agradas mucho, mi Susy", dijo suavemente y ante su sonrisa de respuesta se inclinó para besarla de nuevo. "Me haces muy feliz, más feliz de lo que he estado en mucho tiempo".

Su barriga se apretó y la profunda necesidad de complacer a este hombre se hinchó y floreció dentro de ella ante sus palabras.

Sus brazos la apretaron y la atrajo muy cerca de su cuerpo murmurando ardientemente en su oído.

"Ahora eres mía. ¿Entiendes? Para todo el mundo eres mía".

Ella no dijo nada.

Estaba aturdida, pero la sensación que tenía al complacerlo abrumaba todo lo demás.

Él se echó hacia atrás y la miró a los ojos, dudando si algo nublaba los suyos.

Mientras, ella permanecía en silencio, lo que la hizo sentir culpable por sentir su mirada puesta en ella.

Esto la hizo susurrar:

"Sí, Maestro".

Ella se acurrucó contra él sintiéndose irónicamente segura en sus brazos.

Su mente giraba en torno al placer y el dolor combinándolo con los sentimientos de ser apreciada y poseída hasta el punto de ser propiedad, de ser suya.

"¿Cómo puede sentirse tan bien a veces, y, sin embargo, avergonzarla y humillarla igualmente por lo mal que hizo las cosas en otras ocasiones?"

Sabía que necesitaba hablar con él, como habló con Anne.

Pero no queriendo arruinar el momento ella permaneció en silencio dejando que su mente girara en torno al hecho de que no solo era una puta a la que le gustaba que le pegaran, sino que era su puta.

El indicio de una sonrisa ilumina su rostro y la acuna de nuevo.

"Te quedarás conmigo esta noche para compensar el día que pasamos separados".

"Si señor."

"¡Él quería recuperar el día perdido!" pensó ella "Bueno, esto fue solo por una semana. ¿Qué pasará cuando la semana finalmente termine? Hablaremos al final de la semana, por supuesto". Se mordió el labio, "pero ¿será demasiado tarde para hacer todas las preguntas sobre las dudas que me atormentan?"

Su constante incertidumbre la fastidiaba nuevamente.

"Ve a limpiarte y arregla tu maquillaje. Me gustaría que te arreglaras el pelo para esta noche que saldremos".

Él la golpeó en el trasero cuando ella se levantó y la observó caminar hacia el baño, todavía con los tacones y las medias puestas haciéndolo gemir internamente.

"Tenía que llevarla esta noche o explotaría"

Sacudió la cabeza ante este pensamiento.

Podría haber usado otra esclava hoy antes de regresar a la oficina para aliviar la tensión, pero sus pensamientos solo se detenían en esta chica.

Ha soñado con poseerla durante mucho tiempo.

No quería a nadie más ahora que ella estaba allí, a sus pies, obedeciendo todas sus órdenes.

Él se puso de pie y se dirigió a la habitación, abriendo el armario agradecido por las compras que Diane hizo para él, pero le quedaron ganas de llevarla de compras.

Sabía exactamente cómo le gustaba que se viera y, como las necesidades de él como su Amo, deberían ser satisfechas.

Rebuscó en el armario buscando lo correcto, sacando artículos y desechándolos.

Finalmente, sacó un vestido verde esmeralda cortado en la parte delantera y trasera que se aferraría en todos los lugares correctos para mostrar su exquisito cuerpo y resaltaría sus ojos.

Ella apareció en la puerta desnuda y hermosa, cruzando el piso con dos pasos fáciles.

Él la tomó de la muñeca y la arrastró hacia él

"Eres hermosa, Mi Susy".

Su cabeza se inclinó para poseer sus labios nuevamente.

"Quédate quieta con los brazos en alto", ordenó y tomó el vestido, pasándolo sobre su cabeza y bajándolo por sus brazos.

Mientras ella permanecía inmóvil él la vestía con la tela apretada pero no incómoda.

"Siéntate", señaló a la cama mientras volvía al armario y un momento después apareció con un par de zapatos nuevos de tacón alto, pasándoselos.

Tomó la gargantilla de terciopelo blanco del día anterior y la colocó alrededor de su cuello mientras ella se ponía los zapatos.

Ella se quedó sentada mientras él rebuscaba en una pequeña caja.

Luego se volvió hacia ella y colocó un adorno de oro en la gargantilla de terciopelo.

Volviéndose hacia el espejo mientras él le indicaba que se levantara, ella se encontró con que era casi irreconocible para sí misma.

Ella era toda curvas que no sabía que tenía.

Los lados del vestido estaban totalmente recortados y enroscados por correas que se cruzaban sobre su cadera y costillas.

El escote bajo parecía tener más escote del que mostraba ya que sus turgentes senos estaban presionados por el apretado material del vestido.

La cadena que aún llevaba parecía extraña y distorsionada, y se metió la mano en el escote para arreglarla mientras él la observaba.

Sus ojos se fijaron en el emblema de oro en la gargantilla blanca.

Eran dos letras R unidas por cadenas doradas que la desconcertaron mientras continuaba tratando de arreglar las campanas y la cadena sin mucho éxito.

"Quítate la cadena". Él la consideró y continuó: "Tal vez deberíamos hablar de que te perforaran los pezones".

Sus ojos se abrieron y la confusión nubló sus ojos cuando lentamente liberó la cadena de sus pezones y se la quitó.

"Te ves encantadora pequeña esclava".

Su mano se movió hacia su trasero acariciando y hurgando debajo del vestido para encontrar el tapón y retorcerlo dentro de ella haciéndola jadear.

Él deslizó su mano hacia abajo entre sus piernas

"Siempre tan húmeda y dispuesta por tu Maestro, eres una chica muy buena".

Mientras él estaba detrás de ella acariciándola, su respiración se aceleró y ella retrocedió un poco queriendo sentirlo contra ella.

"No tenemos tiempo para", sonrió. "Después."

Se detuvo significativamente por un breve momento antes de continuar:

"Eres una pequeña zorra insaciable, pero luego te prometo, más, mucho más".

Hizo hincapié en la palabra 'más' mientras se alejaba y tomaba una bata blanca del armario.

Luego se volvió hacia ella.

"Ven".

Salió de la habitación con ella siguiéndolo de cerca.

"Alcánzame el teléfono", dijo mientras ella se movía a su escritorio.

Ella regresó en un momento, él señaló un punto en el piso y ella se deslizó hacia allá para arrodillarse allí mirándolo.

Tomó el auricular del teléfono de su escritorio.

"Listo Anne, nos vemos en el vestíbulo".

Tomando algunos artículos del cajón de su escritorio, se volvió y la miró.

El objeto de su fantasía arrodillado obedientemente ante él.

El hablar con Anne, de hecho, había sido esclarecedor para ambos.

Ella se estaba volviendo más dócil a cada momento que pasaban juntos y él estaba decidido a no pasar muchos de esos momentos separados antes del final de la semana.

Su polla se agitó mientras la miraba.

"Oh sí, esta noche la llevaría a nuevos lugares y de muchas maneras" Pensó.

EL CLUB

La exuberancia ardiente de Anne fue atrapante para todos cuando entraron en un edificio de estilo patrimonial y esperaron el ascensor.

Su Amo tenía un brazo protector alrededor de sus hombros y la había acercado casi posesivamente.

Nadie le había dicho a Susan dónde iban y ella se mordió el labio mientras se sacudía conscientemente pensando:

"Debe haber un restaurante en la parte superior de este edificio".

Al entrar en el ascensor, Robert sacó su tarjeta del club y la insertó en una ranura en el panel principal y el ascensor comenzó a descender.

Observó a Susan ponerse pálida y con ojos preocupados mientras sostenía su barbilla.

"¿Qué pasa, pequeña?"

Estaba sin palabras, en la tarjeta que él todavía sostenía en su mano decía claramente: "El Club", y tembló de inquietud y nerviosismo.

"Anne no me dijo que me traería aquí tan pronto, pero aquí estoy. No soy aún una buena esclava, Lo avergonzaré. Él estará decepcionado de mí otra vez ". Su mente le alertaba esto y bajó la vista mientras temblaba.

"Probablemente la hayas vestido con un corsé demasiado apretado, Maestro Robert", dijo Anne. "La llevaré a la pequeña sala para los esclavos y la dejaré como nueva".

Susan levantó la vista y vio preocupación en los ojos de su Maestro y se armó de valor para enderezarse,

"Estoy bien, no llevo corsé". Susurró mientras sus ojos seguían mirando a la tarjeta en la mano de su Maestro cuando se abrieron las puertas del ascensor.

Él la rodeó con el brazo protectoramente y la condujo al vestíbulo.

Dos chicas se adelantaron para saludarles y tomar sus abrigos.

Casi sin darse cuenta, Susan dejó que le quitaran el abrigo cuando escuchó la exclamación de Anne apenas audible:

"WOW, definitivamente no hay corsé ahí".

Susan miró a su Maestro, que estaba sonriendo, y que colocó una mano encerrando la nuca de su esclava.

"MI Susan", dijo simplemente y guiándola por el cuello la llevó al salón del club.

Todo era elegancia victoriana de tono marrón oscuro como los clubes de caballeros que verías en documentales sobre aristócratas británicos.

Las amplias puertas dobles en las tres paredes restantes se abrían a otras partes del club.

Alan se volvió hacia Robert con una sonrisa.

"Quieres tomar una copa aquí y hacer que todos los que crucen la puerta sientan curiosidad o iremos a comer para que puedas llevar a la bella Susan a casa temprano".

Susan trató de mirar a su alrededor sin parecer realmente sorprendida por la pura opulencia de los accesorios dorados, muebles de madera oscura y cuero pulido.

Captó la mirada de Anne que le guiñó un ojo y le dio una sonrisa tranquilizadora, pronunciando la palabra:

"Relájate".

"¿Cuándo has sabido que soy tan obvio?"

Se rió Robert y se movió a través de la habitación hacia la puerta de la izquierda.

La siguiente habitación parecía cavernosa con una decoración similar al lobby y al bar del salón.

En un extremo de la habitación había un bar y un piano en un estrado elevado rodeado de pequeñas mesas.

El resto de la habitación estaba ocupada con mesas y cabinas más grandes separadas más de lo que parecía normal.

A medida que avanzaban, vio algunas mesas ya ocupadas.

En una mesa los hombres estaban sentados con sus chicas arrodilladas junto a ellos como lo había hecho ayer en el almuerzo con el Maestro, pero en otros las chicas se sentaban con sus Maestros.

Susan se mordió el labio preguntándose dónde se esperaría que se sentara.

Robert frunció el ceño, inclinando la cabeza y en voz baja se volvió hacia Alan.

"Brian está aquí, tú y Anne vayan a distraerlo mientras encuentro una cabina para nosotros".

Alan gimió rodando los ojos, pero asintió y giró hacia una de las mesas con Anne detrás de él.

Robert guió a Susan más adentro de la habitación hasta una cabina.

"Siéntate Susy", viéndola insegura por como ella lo miraba con toda la cara llena de confusión él le aclaró. "No, no tienes que arrodillarte aquí esta noche. Te pedí que te sentaras". Levantó la ceja y continuó: "Te digo lo que quiero y cuando quiero de una pequeña esclava".

El vestido hacía difícil deslizarse dentro de la cabina, pero ella rápidamente se sentó tratando de ser la esclava que él quería en este lugar.

Su labio se arqueó en una sonrisa.

"Buena chica", murmuró mientras se deslizaba a su lado. "Ahora, antes de que vengan los demás, cuéntame qué pasó en el ascensor, te veías muy pálida".

¿Cómo podría decirle que pensaba que no era lo suficientemente buena?

Que lo decepcionaría en comparación con las chicas de aquí.

Que ella simplemente no estaba lista para esto.

Él observó su rostro expresivo mientras se mordía el labio, viendo su ansiedad mientras sus ojos recorrían la habitación y volvían a él.

"Confía en mí, Susy, no te hará daño. Esto es parte de mi mundo como Dominante, una parte de la que creía que tenías curiosidad. ¿Verdad?" Ella asintió mientras seguía mordiéndose el labio.

"Me has complacido tanto estos últimos días; has hecho todo lo que te he pedido y tomado todo lo que te he dado. Has sido mía y no podría estar más feliz por ello. Ahora dime ¿qué está mal, mi Susy?". Su tono era firme y requería una respuesta.

"Quiero complacerte, pero ..." ella vaciló.

"Pero qué ..." frunció el ceño y ella tembló bajo su mirada.

Respiró hondo y soltó algo de su ansiedad con un torrente de palabras:

"No encajaré aquí. Todos sabrán que no soy una verdadera esclava, verán que cometo errores. Solo estoy aprendiendo todas las cosas que esperas en una esclava. No debería estar aquí ".

Ella calmó su ansiedad al volver a callarse, sus ojos temerosos recorriendo la habitación.

Él intentó sin éxito ocultar su sonrisa mientras respondía:

"¿Crees que me importa lo que piensen aquí? Tu única preocupación debería ser complacerme, no debería importarte otra cosa de aquí". Hizo una pausa antes de acariciar su mejilla suavemente, "Me agrada que estés aquí a mi lado y que lleves mi insignia en tu garganta. No me decepcionarás, estoy seguro".

Él tocó el emblema de oro en su garganta mientras hablaba.

Ella respiró profundamente antes de susurrar

"Sí, Maestro".

"Te queda bien, Susy", tocó los dedos sobre la insignia. "Ninguna otra chica ha llevado esto. Deseo que seas mía y que te pongas esto para mostrarle a todos a quién perteneces".

"Si señor." Fue todo lo que ella pudo decir.

Sus ojos permanecieron en él tratando de eliminar la habitación de su mirada.

Si pudiera fingir que estaban solo ellos, todo estaría bien.

"Buena chica, siempre debes decirme tus preocupaciones. Eres mi tesoro precioso. No dejaré que nada te haga daño a menos que lo haya planificado así".

Él sonrió al mirarla mientras le acariciaba el cuello.

"No temas a mi Susy".

Se inclinó para besarle los labios y dejó caer su mano para apretarle el muslo hasta que ella gimió.

Murmuró suavemente:

"Eres mía y perteneces aquí conmigo".

Anne y Alan llegaron con lo que se aligeró la tensión en el ambiente mientras bromeaban afablemente sobre el hombre con el que acababan de hablar y su curiosidad sobre la chica que estaba con Robert.

Mientras se reían, Anne se acercó a Susan y le susurró suavemente:

"Sinceramente no tenía idea de que te traería aquí tan pronto, cariño".

La camarera llegó con una sonrisa coqueta mientras saludaba a los hombres y miraba a Susan subrepticiamente.

La situación como se desarrollaba es la normal que hubiera ocurrido si hubieran salido a cenar a cualquier otro restaurante así que Susan se relajó en la conversación informal.

La comida era excelente y, sentada junto a Robert, se retorcía constantemente consciente del tapón en su trasero y disfrutaba de sus constantes caricias.

Cada vez que él le apretaba el muslo, su vestido subía más alto sobre su pierna, exponiéndola, sonrojándose y retorciéndose más a medida que el calor fluía por su cuerpo.

Ella lo miró, el ambiente oscuro del restaurante lo hacía parecer más joven de lo que ella sabía que era.

Sus anchos hombros estaban un poco más bajos de lo que recordaba de la noche anterior.

Se retorció un poco más, un estremecimiento la atravesó.

Se encontró a sí misma considerando lo que él podría hacerle esa noche con casi ansiosa anticipación.

"Dios mío, lo que me está pasando", piensa al sentir el espasmo de su coño mojado al imaginar en otra situación rompiendo el clímax con este hombre.

"Puta", se dijo a sí misma.

Robert se inclinó hacía ella.

"¿Qué estás pensando pequeña? ¿por qué estás tan callada?"

Esto la hizo sonrojar profundamente, incapaz de hablar, lo miró con los ojos muy abiertos antes de mirar a los demás al otro lado de la mesa y parpadear.

Anne vino a rescatarla nuevamente abriendo los ojos con fingido horror ...

"¡Maestro Robert, le quitó las campanas de su firma!"

La camarera apareció en ese momento para quitar los restos de su comida de la mesa mientras Robert acariciaba sus senos y se encogía de hombros.

"Sus juguetonas tetas se ven perfectas como están con este vestido".

"Le sugerí a Susan, el día que le pusiste las campanas, para que se las hiciera perforar", sonrió Alan. "Incluso le mostré las de Anne".

"¿Lo harías?" Robert preguntó sonando interesado.

Ruborizada, Susan levantó la vista para encontrar los ojos de la camarera y se retorció incómoda mientras los hombres declinaban cualquier otro servicio.

"Maestro", susurró Susan tentativamente, "Umm, ¿estaría bien si", miró a Anne recordando sus palabras en el ascensor, "¿Puedo ir a la pequeña sala de esclavos por favor?"

"Anne puede llevarte en un momento, ahora iremos al piano bar. Puedo ver a Steve y John allí y quiero alcanzarlos". Él la miró a los ojos, "No quiero que vayas allí sola, mi Susy, ni a ninguna parte de este club. Nunca, ¿entiendes?"

"Si señor."

La ansiedad sobre dónde estaban volvió a sus ojos al levantarse de nuevo.

Sus propias dudas acerca de decepcionarlo.

Por supuesto, él no quiere que ella haga nada que pueda avergonzarlo en su club.

Salieron de la cabina.

Susan se alisó rápidamente el vestido lo mejor que pudo por sus muslos mientras sentía como la mano de su Maestro una vez más rodeaba su cuello y la guiaba por el restaurante.

Había mucha más gente allí ahora, la mayoría saludando a Alan y Robert mientras pasaban.

Algunos parecían invitarlos a las mesas, pero Robert se despedía de todos mientras continuaba caminando por la habitación dirigiendo a Susan hacia el área del piano bar.

Anne agarró su mano asintiendo con la cabeza hacia Robert y llevó a Susan a través de una puerta detrás de la barra donde las luces brillaban en marcado contraste con la luz ambiental que acababan de dejar.

Susan casi corrió hacia el cubículo ya que estaba a punto de estallar

Este no tenía cerraduras en la puerta, pero no le importó, suspirando de alivio mientras se sentaba.

Anne le dijo:

"No te estaba mintiendo en el almuerzo cuando te dije que no tendrías que preocuparte por el club por mucho tiempo. Me sorprendió cuando dijo que te traería aquí".

Susan habló en voz baja,

"Me alegro de que estés aquí esta noche, Anne".

"Oh, no me lo agradezcas, cariño. Fue gracias a mi Maestro Alan. Él insistió en que viniéramos cuando se enteró".

Ella sonrió cuando Susan salió del cubículo.

"Hay muchos sabores de helado en este mundo que no es solo la vainilla que normalmente tomamos y algunos de ellos no saben muy bien. En este lugar quédate con las personas que conoces y en las que confías. No te aventures por tu cuenta. "

"No, ¿tú también?", interrumpió Susan, "¿soy tan mala siendo una esclava que todos ustedes se preocupan de avergonzarles?" Se giró hacia el espejo luciendo desconcertada y preocupada.

"¡Oh, cariño! No. En absoluto. Es para mantenerte a salvo, cariño. Eres nueva e interesante para la gente que esta aquí y mientras esto", señaló la gargantilla de cinta en su cuello, "es muy bonito y debería mantenerte a salvo, es sólo un collar y para algunos Dominantes menos escrupulosos eso podría significar un desafío ".

Susan suspiró.

"Simplemente no entiendo todo esto y ¿cómo puedo hacerlo? No soy una verdadera esclava".

"Oh cariño", Anne la abrazó con fuerza. "Eres más real que muchos de los pretendientes aquí en el club. Quieres complacer y creerme que Robert está muy contento. Te adora, eso es evidente para cualquiera que lo conozca".

La boca de Susan se abrió y sus ojos se ensancharon.

"¿Lo soy? ¿Lo hace?"

Sabía que él la deseaba, se lo decía con bastante frecuencia, pero Anne lo había dicho tan enfáticamente que se mordió el labio mientras su mente volvía a dar vueltas.

"Dulce Susan, hay tanto por explorar y conocer en este mundo nuevo para ti que no puedes saberlo todo en una semana. Robert nunca ha dejado que nadie se acerque tanto a él como para usar su insignia antes. Eres una chica muy especial, pero si no lo hago entender rápido para que vuelvas a salir pronto, él vendrá aquí y te sacará él mismo ".

Susan se sonrojó y sonrió y se volvió hacia el espejo deseando haber pensado en traer un lápiz labial, pero ¿dónde diablos lo escondería en este vestido?

La idea la hizo reír y Anne arqueó una ceja.

Susan se rió más fuerte y se giró.

"¿Dónde lleva una esclava su lápiz labial?"

Diane se rió alegremente y juntas salieron de la habitación para encontrarse con Robert y Alan de pie con un grupo de hombres.

Sus ojos se iluminaron y se acercó a ella con determinación, colocando su mano protectora alrededor de la parte posterior de su cuello y volviendo a la conversación.

Los hombres la miraron con aprobación y ella bajó la vista hasta que oyó que uno de ellos se dirigía a ella.

Levantando la vista, no podía decir si era Steve o John Goodman, copias al carbón, por lo que temía cometer un error cuando Anne se abalanzó detrás de ella diciendo,

"Hola Maestro Steve".

Con alivio, Susan inmediatamente siguió su ejemplo.

"Buenas tardes, Maestro Steve".

Steve sonrió ampliamente hacia Alan.

"Tu chica arruinó toda mi diversión. Espero que le expliques los puntos más finos de interrumpir a un Maestro más tarde".

"Lo agregaré a los puntos más finos que ya están en la lista", se rió Alan.

"Bueno, debo irme y llevar a esta pequeña a casa antes de que se encuentre en problemas por toda esta diversión". Dijo Robert. "Di adiós Susan".

"Buenas noches, señores", finalmente miró al grupo de hombres reunidos allí.

"Nos iremos también" respondió Alan, "Planes de fin de semana y todo eso".

Juntos caminaron de vuelta por el salón para recuperar sus abrigos y esperar el ascensor.

Susan susurró suavemente:

"Gracias, Anne".

Anne sonrió con picardía y Alan se inclinó hacia el oído de Susan para susurrar en voz alta:

"Hubieras tenido más problemas si no te hubiera ayudado".

Él se rió entre dientes y ella levantó la vista para ver sonrisas en todos sus rostros.

"Los gemelos están constantemente tratando de hacer tropezar a las nuevas desprevenidas con ese tipo de diversión. Pero aprenderás a distinguirlos".

Él le guiñó un ojo cuando entraron en el ascensor.

LA HABITACIÓN DEL CLUB

Se sorprendió cuando Alan y Anne salieron Al llegar a la planta baja, pero ellos se quedaron dentro viajando hasta el tercer piso.

Cuando salieron, miró con curiosidad por el pasillo siguiendo a Robert mientras avanzaba hacia una gran puerta de madera oscura y pulida.

Usando la misma tarjeta que tenía en el ascensor la insertó al lado de las puertas, tocando algunas teclas.

La puerta se abrió de golpe y él entró tomándola de la mano y tirándola con él hacia la oscuridad más allá.

Girándola rápidamente, la empujó hacia la pared al lado de la puerta, envolviendo firmemente su garganta con la mano sin ser apretada.

Jadeó con los ojos parpadeando en la oscuridad mientras él la mantenía inmóvil.

Sintió que se acercaba sujetándola con su cuerpo e inclinó la cabeza hacia arriba para ver si estaba enojado con ella.

Su boca descendió sobre la de ella besándola profundamente, quitándole el aliento apasionadamente.

"Tan hermosa", canturreó.

La besó de nuevo, sus manos le quitaron el abrigo de manera experta antes de viajar a sus senos.

Sus dedos encontraron las protuberancias sensibles a través de la tela pellizcando y sintiendo su jadeo en su beso.

Se los retorció.

Ella le respondió con música quejumbrosa en sus oídos.

Sus manos viajaron por sus costados y alrededor de su trasero, empujándola contra él con más fuerza, apretándola contra su vientre mientras amasaba su trasero con fuerza.

Gruñendo en su boca, la levantó y se movió rápidamente hacia la habitación oscura, girándola en sus brazos.

La colocó sobre el respaldo de una silla de salón, con el culo en alto y la cabeza apoyada en un cojín.

Ella gimió y se retorció para recuperar el equilibrio.

Las manos de ella descansaban junto a su cabeza mientras sus manos recorrían sus muslos, levantándole el vestido sobre su trasero dejando que colgara delante de él.

Su mano se estrelló contra su trasero de repente haciéndola gemir en la oscuridad.

Sosteniendo su cadera para estabilizarla con una mano, la otra viajó por la grieta de su trasero presionando el tapón que aún llevaba antes de moverse hacia su coño.

"Tan húmeda, pequeña zorra, tan necesitada para el toque de tu Maestro".

Él la escuchó respirar profundamente mientras sus dedos la provocaban frotando ligeramente sobre su clítoris hinchado.

Sus caderas rodando sobre su mano mientras la retiraba para golpear su trasero hacia arriba una vez más.

Moviéndose contra ella, su polla endurecida se acurrucó en el surco de su trasero mientras sus manos recorrían la longitud de su cuerpo empujando el vestido más arriba de su cuerpo hasta que se arrugó alrededor de sus hombros, sosteniéndose en sus brazos en el lugar al lado de su cabeza.

Arrastrando sus manos sobre sus costillas, pudo sentirla retorcerse contra él mientras presionaba su polla dura contra su trasero.

Su necesidad por ella era tan fuerte.

Retrocediendo un poco, volvió a golpearle el culo provocando un chillido entre sus gemidos jadeantes.

Separó los dedos de sus carrillos buscando el tapón de nuevo.

En su mente pudo ver su agujero más apretado estirarse y resistirse.

Mientras soltaba el tapón lentamente, lo reemplazó con su dedo más pequeño por un momento solo para sentir los músculos agarrarse y apretarse después de haber sido mantenido abierto por tanto tiempo.

La oscuridad de la habitación la envolvió aumentando sus otros sentidos mientras él acariciaba, bromeaba y golpeaba su cuerpo cada vez más caliente.

El sonrojo calentando su rostro floreció sin ser visto por él mientras este retiraba el tapón de su trasero.

Sus dedos permanecieron allí por unos momentos antes de retirarlos para golpearla nuevamente.

"Oh, Dios", pensó, "¿Cómo puede este hombre hacer que mi cuerpo cante con tanto placer con el dolor que me causa?"

Sus caderas ruedan pidiendo más mientras sus pantis se caen sobre la silla y a su merced.

Incapaz de contenerse por más tiempo, su contemplación de ella todo el día había aumentado su necesidad febril.

Dio un paso hacia atrás aflojando su cinturón y dejándolo colgar de las presillas mientras lo desabrochaba y cerraba la otra mano para golpear al perfecto culo vuelto hacia arriba del objeto de su deseo.

Entre golpes, se bajó los pantalones y la ropa interior, apartándolos con los zapatos.

Ella chillaba deliciosamente, su cuerpo temblando de calor y necesidad con cada golpe.

Él consideró que el cinturón colgaba de sus pantalones podía ser útil, pero su uso rudo de ella la noche anterior lo detuvo.

Dio un paso adelante para apretarse de nuevo contra ella mientras se quitaba la corbata y camisa.

Ella jadeó con los ojos muy abiertos en la oscuridad cuando lo sintió.

Su mente se aceleró con las imágenes de la polla que había sostenido en su boca y garganta.

Se sentía enorme, dura y tan caliente contra la piel ya escocida de su trasero.

Sus caderas rodaron, se sorprendió a sí misma admitiendo que quería esto, su excitado estado anhelante haciéndola necesitarlo.

Lo había pensado constantemente, preguntándose cómo se sentiría ser controlada y follada por su Maestro.

Una vez desnudo, él se apartó de ella.

Ella gimió decepcionada y sus caderas se volvieron hacia él.

Él sonrió al verla, golpeando su trasero con fuerza.

"Tan necesitada mi pequeña zorra. Dime qué quieres, qué necesitas".

Él se movió hacia su cabeza y se agachó para quitarle el vestido casi rasgándolo sobre su cabeza y brazos, levantando su barbilla para que su rostro se volviera hacia él.

"Pídele a tu Maestro lo que necesitas".

Sintió que su rostro se sonrojaba diez tonos de rojo más fuerte mientras miraba hacia la oscuridad distinguiendo su silueta agradecida de que no pudiera ver el color de su cara mientras tragaba saliva.

La oscuridad la hizo más valiente de lo que podría haber estado viendo su rostro, por lo que susurró:

"Quiero sentirte dentro de mí".

"¿Aquí?"

Él cuestionó acariciando su labio y deslizando un dedo en su boca jadeante.

Ella sacudió y asintió con la cabeza a la vez, haciendo que pareciera que estaba dando vueltas en un pequeño círculo.

"Con palabras claras, puta, dime lo que necesitas".

Su mente sobrecalentada se inclinó a su voluntad cuando él la llamó puta y ella dejó que su necesidad de él saltara, sollozando:

"Por favor, Maestro". Ella tragó saliva otra vez, "Por favor, fóllame. Quiero sentirte", su voz se convirtió en un susurro, "dentro de mí".

"¿Cómo podría un Maestro rechazar a una esclava que ruega tan dulcemente?"

Sosteniendo aún más su cabeza hacia arriba, él se inclinó y la besó profundamente mientras sus manos se apretaban contra el cojín debajo, sosteniéndola contra él.

"Qué buena chica", canturreó.

Se enderezó, el rostro de ella estaba cerca de su ingle en esta posición por lo que frotó su polla sobre su labio sintiéndola lamer tentativamente.

Él gimió y alimentó su boca dispuesta con si polla, dejándola probarla.

Ella rodó y agitó su lengua deleitándose con el sabor de él mientras sus dedos se entrelazaban con su cabello, sacándolo bruscamente de los alfileres que lo habían mantenido en su lugar toda la noche y envolviéndolo alrededor de sus puños.

Él sostuvo su cabeza donde necesitaba para mover su polla dentro y fuera de su boca succionadora, haciéndola que tuviera arcadas mientras él se movía más profundo.

Su deseo lo conducía, gruñó en voz baja:

"Eres mía, mi puta, mi esclava, mi Susy, mía". profundizando en cada frase, la empujó saboreando los sonidos y la sensación de ella.

Él se apartó de su boca abruptamente, largos mechones de saliva colgando sin ser vistos entre ellos y cayendo sobre el cojín de la silla mientras ambos jadeaban irregularmente.

Él liberó sus manos de su cabello y se movió hacia atrás, detrás de ella, golpeándole el culo tembloroso.

Guió su pene hacia ella lentamente disfrutando de la tensión de su coño mojado mientras la inclinaba sobre la silla.

Su cabeza bajó de nuevo hacia el cojín cuando él empujó la pulgada final de la polla dentro de ella.

Extendió la mano hacia adelante, agarrando su cabello en una cola de caballo dispersa para levantarla hacia atrás y contra él.

Ella gimió y jadeó cuando él entró.

"Su polla es demasiado grande, demasiado".

Su mente la amedrentó cuando sintió que se extendía dentro de ella con una mezcla de placer doloroso que la recorría mientras él la llenaba cada vez más.

Podía sentirlo tan profundamente dentro.

Gruñó con su cabeza bajando sobre el cojón solo para ser levantada bruscamente por su cabello, mientras él forzaba toda su polla profundamente dentro de su cuerpo.

El fuerte tirón de su cabello envió emociones encontradas al encontrarse en el mismo momento con el coño completamente relleno.

Su cuerpo disfrutando con las ondas de exquisita sensación que la recorrían.

Sintiendo que sus caderas se movían, sabiendo que estaba lista, él retrocedió entrando en ella de nuevo lentamente.

Su cuerpo se tensó mientras ella se ajustaba a su tamaño, entrando y saliendo lentamente con sus gemidos cantando para él.

Finalmente había dado lugar a su necesidad y lujuria.

Él comenzó a follarla con fuerza usando su cabello para atraerla hacia él mientras golpeaba su pequeño cuerpo.

Su mano libre agarró su cadera.

Los dedos se hundieron profundamente en su carne, sus gemidos se convirtieron en aullidos de necesidad y placer.

Sacudiendo la cabeza hacia atrás, él rugió:

"Córrete, puta, córrete para tu amo. Dame lo que quiero".

El rugido viajó a través de su cuerpo, las palabras una orden mientras arqueaba la espalda, su cuerpo sacudido por ondas de liberación ya gritando mientras su orgasmo la golpeaba.

Podía sentir espasmos tras espasmos cuando su coño se contrajo alrededor de su pene enterrado profundamente en el cuerpo pulsando con su propia liberación.

Liberando su cabello, él se derrumbó sobre su respiración tan irregular como ella, murmurando mientras la sangre bombeaba fuerte en sus oídos.

"Mía."

Momentos después, él movió el cuerpo de ella.

Tirando de ella hacia su pecho, y se desplomó en el suelo sosteniéndola en su regazo, su polla aún enterrada dentro de ella.

Ella apoyó la cabeza contra su pecho y escuchó su corazón latir rápidamente y casi ronroneando mientras acariciaba su cuerpo aún tembloroso.

Ella lo miró maravillada y susurró:

"Gracias Maestro".

Incluso en la oscuridad, vio que sus ojos le sonreían mientras se inclinaba y la besaba profundamente.

LA HISTORIA CONTINUA EN EL PRÓXIMO VOLUMEN: ÚLTIMA PRUEBA

RECIBIMIENTO SALVAJE
ERIKA SANDERS

Susan estaba acostada en el sofá pensando en su pareja.

Ella lo amaba con todo su corazón y su sueño era que él le hiciera todo lo que quisiera con los juegos previos.

Lamerla y chuparla hasta que valiera la pena morir por su nivel de éxtasis.

Luego follarla con el sexo más poderoso que la creación.

Era una noche tan aburrida.

Susan estaba acostada en el sofá en sostén y bragas rosas de seda viendo una película.

Pero Susan estaba pensando en su novio, su hermoso cuerpo, ojos verdes y cabello castaño oscuro.

La lengua de Susan asomó por sus labios mientras pensaba en él, la lujuria llenaba su mente y cuerpo.

Justo en ese momento, Susan escuchó la puerta abrirse, finalmente él estaba aquí.

Emocionada y húmeda, saltó y corrió hacia la puerta.

Allí estaba parado con sus jeans y una camiseta blanca.

Entró en la habitación notando los hermosos y agitados pechos de Susan, ya que casi se caían del sujetador por su emoción.

Agarrándola por la cintura, atrajo a Susan hacia él y la besó profundamente.

"Estoy tan jodidamente cachonda", susurró Susan con su cálida y húmeda boca. "Fóllame ahora".

No necesitando una segunda invitación, empujó a Susan hacia la mesa de la cocina.

Se quitó la camiseta y apagó las luces oscureciendo la habitación.

Susan yacía sobre la mesa, sus pezones ahora asomaban a través de su sostén blanco y se formaba una mancha húmeda en sus bragas a juego.

Se acercó a ella, formando un bulto en sus jeans.

Se inclina sobre Susan besando suavemente su vientre, lamiéndolo todo.

Susan jadea de placer y sus manos agarran su cabeza para acercarlo.

Él continuó lamiendo y besando su vientre, de vez en cuando bajando hacia su coño, aún cubierto por las braguita, para soplar aire caliente sobre ella.

Él agarra su ropa interior con los dientes, tirándolos hacia abajo en un movimiento rápido.

Las arroja sobre la mesa y olfatea sus pubis.

Susan comienza a gemir y a respirar pesadamente.

Enterrando su rostro en su coño mojado, él levanta la mano para quitarle el sujetador.

Los pechos turgentes de Susan se derraman sobre sus suaves manos.

Lamió suavemente la hendidura de Susan una vez más antes de acercarse al refrigerador.

Al abrirlo, sacó un tazón de fresas. Tomó dos de ellas, colocando una en el vientre de Susan y el otra entre sus senos.

Lamió la fresa en su ombligo, comiéndosela después.

Él continuó lamiendo su cuerpo de abajo a arriba y finalmente pasó a la siguiente fresa.

Lamiendo el escote de Susan, él mueve la fresa hacia arriba y hacia abajo entre sus senos.

Susan gime ante la sensación inusual.

Continúa moviendo la fresa cada vez más abajo por el cuerpo de Susan, hasta que llegó a su coño empujando la fresa con su lengua.

Susan jadeó y él pudo ver que su coño se contraía con la fresa cubierta con sus jugos.

Empujó la fresa más adentro de su coño.

La cubrió con la boca chupando suavemente hasta que la fresa estuvo nuevamente en su boca; ahora cubierta con jugos del coñito de Susan.

Sorbiendo la fresa, se la comió y se movió para darle la vuelta a Susan sobre su estómago.

Con su trasero en el aire, lo acarició.

Golpeó suavemente a Susan en el culo, antes de zambullirse hacia su trasero y lamerlo, dejando chupetones por todo el trasero.

Cerca había un tarro de miel, metió el dedo y lo untó sobre los labios de Susan.

Luego metió la lengua profundamente dentro de ella haciendo que Susan gimiera.

Él sorbió su lengua profundamente en su coño.

Gimiendo en voz alta, Susan dijo:

"Fóllame ahora".

Se quitó los jeans, con su polla a punto de estallar.

Ahora desnudo, su polla sobresale grande y fuerte.

Él agarró a Susan, pasando sus manos sobre sus muslos internos colocando su polla justo en su entrada.

Él frotó su cabeza contra su humedad; suavemente, separó los labios y deslizó la cabeza de su miembro suavemente.

Un gemido escapó de los labios de Susan cuando sintió la punta de su miembro entrar en ella.

Susan gimió más fuerte, mientras deslizaba el resto de su enorme polla dura en su coño.

Mientras todo él la llenaba, ella apretó las paredes de su coño, con lo que un gemido ahora llegó de él.

Comenzó a bombear su polla dentro y fuera del coño de Susan, conduciendo más y más con cada golpe.

Él continuó golpeando su coño haciendo que Susan gimiera cada vez más fuerte.

Agarrando sus muslos, golpeó con más fuerza que nunca, gruñendo mientras invadía el cuerpo de Susan con su enorme polla.

Susan gritó:

"Eso se siente tan bien bebé, fóllame más fuerte".

Él golpeó más fuerte con su polla en el coño de Susan, sintiendo la acumulación de semen en la base de su polla.

Sus bolas golpeando el trasero de Susan con el movimiento de él.

Susan dejó escapar un largo gemido y comenzó a tener un orgasmo salvaje, su coño apretando su polla, por lo que él también comenzó a tener orgasmo.

El semen se vomitó de su polla, el primer chorro entrando en el coño de Susan.

Pero él se retiró dejando que el resto rociara su cuerpo.

Justo cuando su orgasmo comenzó a disminuir, él metió los dedos en su coño bombeándolos rápidamente, enviando a Susan al orgasmo nuevamente.

Gimiendo y moviéndose por toda la mesa, Susan lo jaló sobre ella y lo besó profundamente.

Su sudor y semen se mezclaron por los dos cuerpos.

Después de relajarse ambos él dijo:

"Da gusto ser recibido así".

FIN

SUMISA
ERIKA SANDERS

Te deseo.

Todo de ti.

De la cabeza a los pies y todo lo demás.

Tu cuerpo, tu mente, tu alma.

Las imperfecciones que odias que yo no.

Amo cada parte de ti, tal como eres.

Especialmente ese culo.

Quiero estar contigo.

Todo el tiempo.

No importa dónde esté.

Mi mente divaga, provocada por un pensamiento o una imagen.

Una canción.

Tus iniciales en una matrícula.

Una simple palabra hablada de pasada que tiene un significado especial para ambos.

Un extraño que lleva el pelo como tú.

Vestido como tú.

Quiero oír tu voz.

Cuando me llamas con tus nombres de mascotas.

Dime que me amas, me extrañas.

Describe cómo fue tu día.

Pregúntame sobre el mío y dame tu opinión.

Comparte lo que estamos haciendo o planeamos.

Incluso lo mundano.

Sedúceme a altas horas de la noche mientras estoy tumbada desnuda en la cama en la oscuridad y tú estás a kilómetros de distancia.

Sé duro conmigo cuando me pongo malcriada y hago pucheros por colgarme el teléfono para dormir o para prepararte para el trabajo.

Quiero ver tu interior abierto por escrito.

Saboreo cada nuevo mensaje y foto.

Reviso las conversaciones pasadas.

Recuerdo que cuando no estamos físicamente juntos, todavía piensas en mí.

Que puede estar ahí con un toque de tus dedos.

Tus palabras son fuertes a pesar de que no hay sonido; me tocan en el fondo, como si me las hubieras dicho directamente al oído.

Quiero comentar mis novelas contigo.

Sugiéreme ideas mientras hacemos una lluvia de ideas sobre la trama y los nombres de los personajes.

Elimina las áreas problemáticas.

Marearte con los comentarios y opiniones de los fans.

Apaciguar mi ira y confusión cuando los lectores sin rostro y sin corazón critican mis historias sin una buena razón.

Y continúo escribiendo otro día con tu ánimo.

Quiero ser domesticada por ti.

Para cocinar y hacer los quehaceres de la casa.

Hacer recados.

Ir a bailar, ver una película y hacer viajes.

Solo acurrúcate y toma una siesta en el sofá en un fin de semana lluvioso.

Llamarme deseoso para hacer el amor bajo montones de mantas en la cama todo el día.

Dormirnos en los brazos del otro por la noche y luego despertarnos uno al lado del otro por la mañana.

Ducharnos juntos.

Tener sexo de reconciliación cuando peleemos.

Quiero ser besada por ti.

Repetidamente.

Tanto con ternura como con brusquedad.

Sabes cómo burlarte de mí.

Satisfacerme.

Despertarme con tus labios, dientes y lengua.

Para hacerme llorar y gemir.

Suplicar.

Mi cuerpo tiembla.

Quiero hacer cosas pervertidas contigo.

Asistir a comidas y eventos.

Hacer amigos en tu estilo de vida.

Participar en juegos sexuales en fiestas.

Descubrir más deseos secretos.

Liberar nuestras inhibiciones.

Explorar nuestros lados más oscuros.

Llevarnos el uno al otro a lo más alto de los máximos y luego consolarnos el uno al otro cuando caemos en el más bajo de los mínimos.

Quiero ser dominada por ti.

Gruñó porque soy tuya.

Haces que mi pulso se acelere y que la respiración se detenga al oír tus órdenes.

Silencioso o brusco, ambas situaciones me hacen sonrojar.

Tengo muchas ganas de que me sujetes contra la pared con tu polla entre mis piernas, presionado contra mi coño.

Que me ordenes follarte ... que venirme solo cuando tú lo digas.

No tengo más remedio que ceder cuando torturas mis oídos, cuello y pechos con tu boca.

O cuando siento tus manos sobre mi cuerpo mientras reclamas lo tuyo.

Mi pecho se hincha de orgullo cuando dices que soy una "buena chica" por hacer lo que quieres.

Quiero estar atado por ti.

Físicamente.

Mentalmente.

Con tus manos, esposas o cuerdas.

Mis muñecas sostenidas en tu agarre por encima de mi cabeza o aseguradas a la cabecera de la cama.

Piernas restringidas, juntas o separadas.

Mis movimientos y reflejos controlados.

Cualquier posibilidad de tocarte eliminada.

Una venda sobre mis ojos para no ver lo que me vas a hacer.

Quiero ser jodida por ti.

Desnuda y abrumada bajo tu cuerpo mientras me arrasas.

Quedarme libre de restricciones sin un toque de ninguno de los dos, usando solo tus palabras para hacerme retorcerme y gemir mientras arruinas mi mente deliciosamente.

O los toques simples y ligeros que has descubierto que me sacan múltiples orgasmos sin importar dónde acaricies mi cuerpo.

Quiero que me utilices.

Ser arrastrada de un sitio a otro a tu antojo.

Abrumada cuando lucho.

Mi trasero desnudo golpeado mientras me sujetabas.

Mis juguetes usados en mí ... por ti.

Tu mano aferrada a mi cabello en la parte de atrás de mi cuello.

Presionando ligeramente sobre mi garganta mientras me miras a los ojos.

Para recordarme quién está a cargo.

Quiero obedecer tus reglas.

Cuando estás fuera de mi alcance, me dan algo en lo que concentrarme.

Están definidas teniendo en cuenta mi mejor interés.

Sé que serás disciplinado en consecuencia si las rompo.

Que confíes en mí para ser honesta contigo cuando te he desobedecido.

Quiero que me consueles.

Acurrucada contra ti cuando estoy a abrumada o tengo un mal día.

Mi cabello acariciado y besado con mi cabeza acurrucada debajo de tu barbilla contra tu pecho.

Calmada por tus palabras y tus brazos a mi alrededor.

Mecida hasta que cese cualquier lágrima.

Quiero cuidarte.

Para abrazarte cuando estás triste, cansado o enfermo.

Seré tu fuerza, alguien en quien apoyarte, porque incluso un Dominante puede tener momentos débiles.

Como tu sumisa, estoy aquí para ti en cualquier situación que me necesites.

Para complacerte o aliviar tu dolor.

Quiero todas estas cosas y más.

Porque soy sumisa de esa manera.

Como tu dominante ...

FIN

www.ingramcontent.com/pod-product-compliance
Lightning Source LLC
LaVergne TN
LVHW091235150826
845673LV00003B/1137

* 9 7 9 8 2 3 0 0 0 7 5 9 3 *